AF396116

Fleurette,

POÈME

PAR

BARANDEGUY DUPONT.

PARIS.

IMPRIMERIE ET FONDERIE DE PINARD,

QUAI VOLTAIRE, Nº 15.

—

1833.

FLEURETTE.

Poëme,

PAR

BARANDEGUY DUPONT.

PARIS:
IMPRIMERIE ET FONDERIE DE A. PINARD,
QUAI VOLTAIRE, N° 15.

—

1833.

BIBLIOTHÈQUE ROYALE

FLEURETTE.

POÈME.

———◦———

O. Muse, dont la flûte, harmonieuse et tendre,

Dans le calme des bois aime à se faire entendre,

Muse aimable des champs ! s'il est vrai qu'autrefois

Henri, ce bon Henri, ce modèle des rois,

Près des murs de Nérac, errant et solitaire,

Jeune encor, soupira pour une humble bergère,

Aimable Muse ! viens : j'implore ton secours ;

Viens, célébrons d'Henri les naïves amours ;

Et que ce nom si grand, chanté sur la musette,

S'unisse dans nos vers au doux nom de Fleurette.

Et vous, pour qui les bois et les humbles guérets,

Et le toit des bergers ont encor des attraits,
Venez; voyez au pied de la verte colline
D'où s'élève Nérac sur les champs qu'il domine,
Voyez ce beau vallon tout peuplé de hameaux,
Où serpente la Baise à l'ombre des ormeaux.
Là vécut notre Henri... Ce fleuve, ce rivage,
Ce vallon fut témoin des jeux de son jeune âge;
Là, jadis notre Henri, loin du trône et des cours,
Comme un fils des hameaux coula ses premiers jours.

Jours heureux! Que de fois l'écho des Pyrénées
Se plut à répéter ses chansons fortunées!
Tantôt on le voyait, au milieu des bergers,
Courir de bois en bois, de vergers en vergers;
Tantôt près du buisson, sur la branche qui ploie,
Dans le nid endormi saisir la douce proie;
Tantôt plonger dans l'onde, et, par de longs efforts,
Dompter enfin le fleuve en regagnant les bords.
Ainsi coulaient ses jours; et déjà son enfance,

Sous le chaume en secret visitant l'indigence,

Trouvait des soins plus doux pour son cœur généreux :

Le plaisir si touchant de faire des heureux.

Quinze ans déjà passés d'une molle étamine

Ombrageaient son menton et sa lèvre enfantine,

Quand soudain Médicis, en ce riant séjour,

Au château de Nérac s'avance avec sa cour.

Elle vient : autour d'elle en triomphe se presse

D'un essaim de beautés la pompe enchanteresse ;

La volupté les suit ; et les premiers zéphirs,

Sur l'aile du printems ramenant les plaisirs,

Dans ces bois rajeunis que la Baïse environne,

La cour de Médicis aux plaisirs s'abandonne.

Ainsi dans nos jardins, par un beau soir d'été,

Les essaims bourdonnans volent de tout côté,

Pompent le suc des fleurs, butinent la verdure ;

L'air agité frémit de leur léger murmure.

Partout les jeux, les ris : sur l'émail des gazons,

Tantôt s'ouvrait la danse au doux bruit des chansons ;

Tantôt, l'arc à la main, une ardente noblesse,

D'un trait visant le but, déployait son adresse ;

Et, quittant pour les voir les champs ou le hameau,

Les villageois en foule inondaient le château.

Là, celui dont l'adresse, illustre, sans égale,

Par des coups toujours sûrs éclate et se signale,

C'est Henri... Mais un soir que ses rivaux surpris

Avouaient leur défaite et lui cédaient le prix,

Guise, jeune orgueilleux, dont la bouillante audace

Ne peut voir sans frémir qu'un rival le surpasse,

Guise, l'arc à la main, l'ose encor défier.

Une orange est le but : il vise le premier ;

Il tire, et recevant la pointe meurtrière,

L'orange loin du but roule sur la poussière.

Il triomphait... Henri, moins surpris qu'excité,

Vif, ardent, plein du feu dont il est agité,

Voit soudain près de lui bergerette jolie

Portant à son corset rose fraîche et fleurie.

Henri saisit la rose, et prompt à s'élancer,

Il court, la porte au but, puis revient se placer.

Son rival tire... il manque... Alors, plein d'assurance,

Henri, l'aimable Henri, prend son arc et s'avance,

Et son front qui rougit offre à l'œil enchanté

Un mélange charmant de grace et de fierté.

Déjà, courbant la corde où la flèche repose,

Il vise; le trait part, siffle et frappe la rose...

On s'étonne, on s'écrie... Henri victorieux,

Vole et s'élance au but, et revient tout joyeux

Offrir en souriant à la jeune bergère

La rose, encore au bout de la flèche légère...

L'aimable enfant rougit... le regarde, et soudain

Henri non moins ému sent palpiter son sein;

Et ce regard si doux que son œil cherche encore

Vient d'enivrer son cœur d'un charme qu'il ignore.

Cependant le jour tombe : on quitte le bosquet,

On rentre, on va jouir des plaisirs du banquet ;

Mais suivant à regret la foule qui l'entraîne,

Henri vers le château se dirige avec peine.

Ainsi le jeune oiseau qu'un hiver rigoureux

Exile de nos bois vers des bords moins heureux,

Abandonne à regret le chêne ou la charmille

Qui protégea son nid et sa tendre famille.

Tel Henri s'éloignait, et sous les vieux ormeaux

Long-tems il suit de l'œil la fille des hameaux.

Mais ne la voyant plus, il rentre, il veut sur l'heure

Savoir quel est son nom, son état, sa demeure ;

Il demande, il s'informe, et toujours plus pressant,

Henri d'un air timide écoute en rougissant.

Il écoute... O bonheur ! la jeune bergerette

Habite au fond du parc : on la nomme Fleurette.

Son père est ce vieillard qui, la bêche à la main,

Tous les jours, du château cultive le jardin.

C'en est fait ; le cœur plein d'une charmante image,

Henri ne rêve plus que fleurs, que doux ombrage
Tout le soir il s'agite, il soupire, et son cœur
De cette nuit trop lente accuse la longueur.
Mais à peine le jour, des roses de l'Aurore
Au bord de l'horizon en naissant se colore,
Henri, prompt comme un trait ou le vol d'un oiseau,
S'échappe seul, et fuit sous les bois du château.

Tout à coup, près du seuil d'une humble maisonnette,
Il voit... il reconnaît la naïve Fleurette,
Qui, traversant gaîment le bocage voisin,
En petit corset rose, en court jupon de lin,
Sur sa tête portant une cruche légère,
Allait vers la fontaine : et déjà son vieux père,
Comme elle s'arrachant aux douceurs du repos,
Au travail retournait, la bêche sur le dos.
Henri vient ; il l'aborde ; il veut du jardinage,
Il veut, dit-il, sous lui faire l'apprentissage ;
Et Fleurette qui voit son regard caressant,

Derrière le vieillard se cache en rougissant.

Mais le vieillard surpris et charmé de l'entendre,
A ses vœux enfantins s'empresse de se rendre.
Tout fier d'un tel disciple, il marche, et tous les trois
Aux doux chants des oiseaux s'avançant dans le bois,
Ils arrivent bientôt aux bords de la fontaine,
Qui, sur un lit de mousse, à travers la Garenne,
S'échappe, et va plus loin, sous de rians berceaux,
Arrondir en bassin le cristal de ses eaux.

Henri s'est arrêté : cette rive émaillée,
Cette onde, ce gazon, cette verte feuillée,
Tout l'enchante... c'est là que sera son jardin !
Déjà tout près du bois il choisit le terrain.
Là, tandis que Fleurette à la source limpide
Vient souvent dans le jour plonger sa cruche vide,
Henri près du vieillard, docile à ses leçons,
Une bêche à la main soulève les gazons,

Couvre le sol de fleurs, la fontaine d'ombrage.

Fleurette d'un regard en passant l'encourage,

Fleurette aux yeux si doux, au visage de lys,

Dont les attraits naissans par la grace embellis,

De l'enfance échappaient, comme une jeune rose

De son frêle bouton s'échappe, fraîche éclose.

Les voyez-vous déjà, de plaisir enivrés,

L'un de l'autre charmés, l'un vers l'autre attirés,

Dans le naïf transport du plus tendre délire,

Se chercher, s'approcher, se parler et sourire?

Telle on voit, dans l'ardeur des amours printaniers,

Jeune, vive, à l'abri des bois hospitaliers,

Vers le ramier chéri la colombe entraînée,

Préluder sur la branche à son tendre hyménée.

Henri ne quitte plus cet agreste séjour :

Fleurette sous le bois, va, revient tout le jour;

Elle vient: et souvent au bord de la clairière,

La folâtre, sans bruit, s'approchant par derrière,

Tout bas appelle Henri, Henri son doux ami,

Et s'enfuit sous un saule, et se cache à demi...

Oh! qui me donnera des couleurs assez vives,

Pour retracer ici tant d'images naïves,

Leurs jeux, leurs rendez-vous sous les berceaux fleuris,

Les timides baisers ou donnés ou surpris,

Et ces loisirs charmans, et ces douces journées

Par la main des amours l'une à l'autre enchaînées!...

Un soir, c'était vers l'heure où, dans l'ombre des bois,

Le rossignol plaintif traîne sa douce voix,

Où l'essaim des Amours, errant près des chaumières,

Trouble en secret le cœur des timides bergères,

Fleurette au bord de l'eau, sous un arbre, à l'écart,

Rêveuse, près d'Henri, fuyait l'œil du vieillard.

Plus de jeux, plus de ris : leurs ames se confondent ;

Leurs soupirs, leurs baisers dans l'ombre se répondent.

La lune cependant, au bord de l'horizon,

De ses molles clartés argente le gazon.

Tout se tait ; seulement une brise légère

Frémit sous le feuillage et rafraîchit la terre;

Et l'arbuste agité par le vent de la nuit,

D'une paisible ondée imite le doux bruit...

Mais quelle jeune fille à travers ce feuillage

Des bras de son ami tendrement se dégage?

C'est Fleurette... Pensive, et soupirant tout bas,

Vers le toit paternel elle hâte ses pas;

Et lorsque du vieillard la tendresse alarmée,

D'un retard aussi long voulut être informée,

La pauvre enfant, d'un mot ne put le rassurer;

Elle baissa la tête, la tête, et n'osa respirer.

Oh! d'un premier amour image enchanteresse!

Couple heureux! que ne puis-je, au gré de ton ivresse,

Dans ce riant bocage où s'écoulent tes jours,

D'un bonheur si paisible éterniser le cours!

Mais, hélas! le jour vient où Fleurette éplorée,

Des bras de son Henri va gémir séparée,

Où, vers les murs de Pau, dans les champs du Béarn,

La cour loin de Nérac a fixé son départ!...

Jour affreux! c'en est fait : déjà vers la fontaine
Tous deux pâles, tremblans, et respirant à peine,
A l'abri du feuillage et loin de tous les yeux,
Prolongeaient la douceur de leurs derniers adieux.
« Vous me quittez, Henri! » disait sa tendre amante,
Livrant à ses baisers une tête charmante.
« Henri, vous me quittez... Combien je vais souffrir!..
« Ah! si vous m'oubliez je n'ai plus qu'à mourir...»
Henri s'efforce en vain de calmer ses alarmes ;
Lui-même, en gémissant, lui répond par des larmes ;
Il l'embrasse, il s'éloigne, il revient sur ses pas,
Il ne peut se résoudre à quitter tant d'appas :
La cloche du château vainement le rappelle ;
Il ne voit que Fleurette et sa paleur mortelle,...
O bois, naguère encor témoin de son bonheur,
Toi seul le fus alors de sa vive douleur !
Il s'éloigne à la fin... Et la triste bergère

Le soir pleura long-tems sous le bois solitaire.

Hélas ! il s'arrachait de ces lieux enhcantés,

De ces lieux par l'Amour et Fleurette habités !

Il partait : et la voix de celle qu'il adore,

Présente à son esprit, semblait lui dire encore :

« Vous me quittez, Henri.. combien je vais souffrir...

« Ah ! si vous m'oubliez je n'ai plus qu'à mourir... »

Mais déjà, traversant les campagnes fécondes

Que le Gave en grondant abreuve de ses oudes,

Il voit les murs de Pau, de la ville où ses yeux

S'ouvrirent, en naissant, à la clarté des cieux;

Où de nos jours encor l'Étranger, à la vue

Du vieux château d'Henri, qui monte vers la nue,

Même après trois cents ans, vient d'un œil attendri

Chercher un souvenir qui lui parle d'Henri.

Qui dira cependant la douleur inquiète,

Les larmes, les sanglots de la tendre Fleurette,
Son pâle désespoir, en ne revoyant plus
Son Henri, cher objet de ses vœux superflus ?...
L'infortunée , hélas ! seule avec sa souffrance,
Elle ressent déjà tous les maux de l'absence.
En vain son faible cœur, gémissant et trouble,
Veut repousser l'ennui dont il est accablé :
Ni ses travaux du jour, ni l'amitié d'un père,
Cette amitié jadis à son ame si chère ;
Ni les jeux des bergers, ni le gai chalumeau
Sous l'ombrage appelant les danses du hameau,
Rien ne distrait son cœur. Sous la verte Garenne
Le souvenir d'Henri chaque jour la ramène.
Là, du moins chaque objet, ces arbres, ce jardin,
Ces fleurs que son Henri cultivait de sa main,
Tout lui parle de lui... Rêveuse, elle soupire...
Elle le voit encor s'approcher et sourire,
S'asseoir à son côté, la presser sur son cœur,
L'appeler tendrement son amante, sa sœur ;

Et, dans ces doux transports où son ame se noie,
L'infortunée au moins goûte encor quelque joie....
Mais que dis-je ?... à l'instant la triste vérité,
Répandant autour d'elle une affreuse clarté,
Elle se revoit seule, errante, abandonnée,
Aux larmes désormais, aux regrets condamnée....
Ah ! cet aimable Henri, si cher à son amour,
Au milieu des plaisirs, des pompes d'une cour,
D'un essaim de beautés empressé de lui plaire,
Aimera-t-il encore une pauvre bergère
Qu'à son destin obscur on peut abandonner,
Hélas ! et qui n'a plus un cœur à lui donner ?..

Ainsi de jour en jour succombant à l'atteinte
Des mouvemens confus d'espérance et de crainte,
Faible, mélancolique, et les traits sans couleurs,
L'azur de ses beaux yeux se noyait dans les pleurs...
L'été vient cependant ; hélas ! et rien encore,
Rien n'annonce un retour que sa douleur implore.

Il fuit ; l'automne arrive, et tandis que les bois,
Ces bois que son Henri parcourut tant de fois,
Montrent, en dépouillant leur parure fanée,
La fuite des beaux jours, et le deuil de l'année,
Seule encor, c'est Henri qu'appelle son amour :
Ah ! ses beaux jours aussi fuiraient-ils sans retour !..

Mais quels accens confus, quels longs cris d'allégresse
Mille fois répétés suspendent sa tristesse ?..
Ah ! c'est lui... c'est Henri... Sur les pas de la cour
Les bergers accourus saluaient ce grand jour...
C'est lui... c'est ton ami... Fleurette, quelle joie !..
Fuyez sombres chagrins où son cœur fut en proie,
Fuyez... Hors d'elle-même, et le cœur palpitant,
Au bois de la Garenne elle vole à l'instant :
C'est là qu'il doit venir... qu'il promit de se rendre..
Elle va donc bientôt le revoir et l'entendre !
Elle écoute... un zéphir, un souffle, un léger bruit,
Une feuille qui tombe, une oiseau qui s'enfuit,

Tout l'émeut... Vain espoir!.. la nuit vient, l'ombre augm
Henri ne paraît pas... Alors sa tendre amante,
Pensive, et du logis regagnant le chemin :
« Allons, dit-elle, allons, je reviendrai demain... »

Quelle nuit cependant, affreuse, insupportable,
Ajoutant ses terreurs au chagrin qui l'accable,
L'arrache à l'espérance et flétrit son bonheur !...
Un noir pressentiment s'est glissé dans son cœur.
De moment en moment, le cri plaintif et sombre
Du nocturne hibou, traînant sa voix dans l'ombre,
Epouvante sa veille; ou, si de lourds pavots
Pressent enfin ses yeux d'un sommeil sans repos,
Mille objets effrayans, mille songes funèbres
La poursuivent encor dans l'horreur des ténèbres;
Le jour même, le jour, ni sa douce clarté
N'ont pu rendre le calme à son cœur agité.

Comme une jeune biche, imprudente et timide,

Qu'un pâtre au coin d'un bois blessa d'un trait rapide,

S'enfuit dans les taillis arrosés de son sang ;

Traînant partout la mort qui s'attache à son flanc ;

Ainsi, loin du logis, tremblante, hors d'haleine,

Elle court, elle vole au bord de la fontaine.

Elle approche... ô douleur !... ô désespoir affreux !...

Elle voit... son Henri... cet objet de ses vœux,

A son premier amour désormais infidèle,

L'oublier, la trahir aux pieds d'une autre belle,

Hélas ! et dans ce bois, et vers ce doux abri

Où jadis... Sa douleur laisse échapper un cri...

Henri la voit... l'entend... le trouble est dans son ame..

Il fuit avec l'objet de sa nouvelle flamme ;

Il fuit... mais sur ses pas il revient à l'instant,

Seul, agité de crainte, et d'amour palpitant...

Il vole vers Fleurette... à ses pieds qu'il embrasse,

Il tombe en s'écriant : « O Fleurette, de grâce,

« Fleurette... écoutez-moi... ce soir, à vos genoux,

« Je reviens dans ce bois... Fleurette... y serez-vous ?

« — J'y serai, lui dit-elle ; » et Fleurette éperdue,
Le regarde, soupire, et fuit loin de sa vue.

Comme un homme qui sort d'un sommeil agité,
Immobile, les yeux fixés de son côté,
Henri, long-tems ému, doute encore s'il veille.
Qu'a-t-il vu !... quelle voix a frappé son oreille ?...
Était-ce toi, Fleurette ?... Oh ! comme en gémissan
Elle tournait vers lui son regard languissant !
Quelle douce pâleur ! quelle mélancolie !
Que d'attraits ! que d'amour ! et c'est lui qui l'oublie !
Lui, cruel ! Par quels soins, quel amour empressé,
Ce soir, à ses genoux, expier le passé ?...
Le pourra-t-il jamais ?... Ce doute le tourmente.
Le jour paraît un siècle à sa pénible attente.
Enfin le soleil baisse... un chemin détourné
Vers le bois en secret déjà l'a ramené.

O bois qui lui prêtais un abri solitaire,

L'automne a donc flétri ta fraîcheur printanière !

Ou sont tes rossignols, tes fleurs, tes frais zéphirs ?

Hélas ! n'es-tu donc plus l'asile des Plaisirs ?

Lui rendras-tu Fleurette ?.. Il attend.. rien encore..

Il écoute... non, rien... la douleur le dévore...

La nuit vient... Mais soudain, quel objet à l'écart,

Sur un banc de gazon a frappé son regard ?..

...Ciel!.. au bout d'une flèche il voit... oui, c'est la rose

D'un amour malheureux triste et première cause !

Près d'elle est un billet... Tremblant, il veut l'ouvrir,

Il veut lire... ô douleur !.. le jour vient de mourir,

Et la nuit sous les cieux étend ses voiles sombres...

Cette nuit sans clarté, ce silence des ombres,

Ce bois qui retentit du bruit seul de ses pas,

Fleurette qu'il attend et qui n'arrive pas,

Cette flèche en ce lieu, cette rose fanée,

Ce billet... font frémir son ame consternée.

Il fuit, rentre au château, hors d'haleine...et soudain

Les yeux sur le billet qui tremble dans sa main,

Il lit.... « Vous m'attendez au bois de la Garenne

« Henri ?... jetez les yeux ici... dans la fontaine...

« Ah! vous ne m'aimiez plus... O mon père! ô mon Dieu!

« Pardonnez-moi... je meurs.. Adieu, cruel... adieu! »

Qu'a-t-il lu ?.. juste ciel!.. ô nuit épouvantable!..

O désespoir !.. Henri pousse un cri lamentable...

Tout le château s'émeut... on accourt... A sa voix

On s'arme de flambeaux; on vole au fond du bois...

Hélas ! au sein des eaux, sous la forêt muette,

On retrouva le corps de la pauvre Fleurette,

Pâle, et déjà glacé par le froid du trépas!

La mort, semblait encor respecter tant d'appas.

Comme une tendre fleur que le soc a touchée

Sa tête sur un bras tombe à demi penchée,

Et sa main, sur son cœur, montre à l'œil attendri

Que son dernier soupir fut encor pour Henri...

Henri... Dieu! quel remords de son ame s'empare !..

De ces restes glacés en vain on le sépare ;

Il pleure, il veut la voir, il demande la mort...
Ah, prince infortuné ! quel aveugle transport !
Toi mourir !.. quand déjà la trompette guerrière
Dans les champs de l'honneur appelle ta bannière !
Vis !.. sauve un jour la France à force de bienfaits,
Et sois l'honneur du trône et l'amour des Français !

Et toi, jeune beauté, qui meurs à ton aurore,
Humble fleur des hameaux, qu'Amour seul vit éclore,
Hélas ! repose en paix dans ce bosquet chéri,
Peuplé des souvenirs de Fleurette et d'Henri...
Pauvre enfant ! sous l'ormeau qui protége ta cendre,
Souvent le rossignol viendra se faire entendre;
On dira ton amour, hélas ! et tes malheurs,
Et les Muses, pour toi, retrouveront des fleurs.

www.ingramcontent.com/pod-product-compliance
Ingram Content Group UK Ltd.
Pitfield, Milton Keynes, MK11 3LW, UK
UKHW021044120726
13693UKWH00006B/2410